SUCCESSION

DE

Madame Veuve Marie BLANC

MAGNIFIQUES JOYAUX

PREMIÈRE VENTE

A PARIS

DES PRESSES DE D. JOUAUST

Imprimeur breveté

338, Rue Saint-Honoré

CATALOGUE

DES

MAGNIFIQUES JOYAUX

PIERRES DE COULEUR

PERLES, BRILLANTS

REMARQUABLE COLLIER DE PERLES

TRÈS BELLE RIVIÈRE EN BRILLANTS

Dépendant de la succession

DE MADAME VEUVE MARIE BLANC

Et composant la

PREMIÈRE VENTE

Qui aura lieu

HOTEL DROUOT, SALLE N° 1

Les Mercredi 14, Jeudi 15 et Vendredi 16 décembre 1881

A DEUX HEURES

COMMISSAIRES-PRISEURS

Mᵉ ESCRIBE	Mᵉ PAUL COUTURIER
Rue de Hanovre, n° 6	Boulevard des Italiens, 9

EXPERTS

M. A. BLOCHE	M. CH. GEORGE
Rue Laffitte, 44	Rue Laffitte, 12

EXPOSITIONS

PARTICULIÈRE	PUBLIQUE
Le Lundi 12 décembre	Le Mardi 13 décembre

DE UNE HEURE ET DEMIE A CINQ HEURES ET DEMIE

PARIS — 1881

CONDITIONS DE LA VENTE

Elle sera faite au comptant.

Les Acquéreurs paieront, en sus des adjudications, CINQ CENTIMES PAR FRANC, applicables aux frais,

L'Exposition mettant les Amateurs à même de se rendre compte de l'état des Objets, aucune réclamation ne sera admise une fois l'adjudication prononcée.

LE PRÉSENT CATALOGUE SE DISTRIBUE :

à PARIS	Chez Mᵉ ESCRIBE, Commissaire-Priseur, rue de Hanovre, 6 ;
—	— Mᵉ PAUL COUTURIER, Commissaire-Priseur, 9, boulevard des Italiens ;
—	— M. A. BLOCHE, Expert, 44, rue Laffitte ;
—	— M. CH. GEORGE, Expert, 12, rue Laffitte ;
à LONDRES	— M. ÉDOUARD JOSEPH, 158, New Bond Street ;
— ...	— M. GEORGE DONALDSON, 106, New Bond Street ;
à FRANCFORT. .	— MM. GOLDSCHMIDT sur la Zeil (Hôtel de Russie) ;
— ..	— MM. LOWENSTEIN frères, 4, Kaiser Strasse ;
à AMSTERDAM. .	— M. BOAS-BERG, Kalverstraat ;
à LA HAYE	— M. SARLUIS, 33, Spuistraat ;
à BRUXELLES ..	— M. TH. STROOBANTS, 9, boulevard d'Anvers ;
à NEW-YORK ..	— MM. KNŒDLER et Cᵉ, 170, Fifth Avenue.

DÉSIGNATION

PERLES

1 — **MAGNIFIQUE COLLIER** de 5 RANGS, composé de 3r3 GROSSES PERLES blanches, avec fermoir formé au centre d'une grosse perle blanche et d'un double entourage de brillants.

Le 1ᵉʳ rang est composé de 51 perles.
Le 2ᵉ   —   —   de 55   —
Le 3ᵉ   —   —   de 62   —
Le 4ᵉ   —   —   de 69   —
Le 5ᵉ   —   —   de 76   —

Ce Collier pourra être divisé.

2 — Deux MAGNIFIQUES RANGS de 100 GROSSES PERLES blanches.

Ces deux rangs sont assortis au collier précédent, et pourront être divisés.

3 — Paire de beaux PENDANTS D'OREILLES, composés chacun d'une GROSSE PERLE blanche, forme ronde, et d'une POIRE, entre-deux formé d'un brillant.

TRÈS BELLE PARURE

EN BRILLANTS ET PERLES

Composée de :

4 — Un COLLIER formé d'un rang de 51 chatons en brillants, montés à griffes, de 20 perles grises, dont 18 poires, de chaînettes, cartouches et entourages en brillants et roses.

5 — Un COLLIER pouvant former double tour de bras, composé de 53 chatons en brillants,

montés à griffes, avec fermoir enrichi d'une
perle blanche entourée de brillants.

6 — Une paire de PENDANTS D'OREILLES,
composés chacun de 5 perles grises, dont
3 pendeloques; montures en brillants, calottes
en roses.

7 — Une paire de PENDANTS D'OREILLES,
composés chacun d'une perle grise entourée
de brillants, griffes en roses.

8 — Une BROCHE, composée de 18 perles, dont
3 poires et une grosse de forme ronde au
centre, entourage, chaînettes et pampilles en
brillants, calottes en roses.

9 — Un BRACELET, corps tout en brillants, et
3 appliques formant broches, composées de
grosses perles blanches entourées de brillants.

10 — Un BRACELET, tout en brillants, enrichi au
centre d'une grosse perle blanche.

11 — Un PENDENTIF, composé au centre d'une
perle noire, double entourage, rayons et bélière
en brillants, griffes en roses.

DIAMANTS

12 — TRÈS BELLE RIVIÈRE composée de 24 GROS BRILLANTS, monture argent. Poids 194 carats 3/4 environ.

Pièce exceptionnelle (pourra être divisée).

13 — Deux BEAUX BOUTONS D'OREILLES, formés de GROS BRILLANTS solitaires.

14 — BELLE CROIX, composée de 6 gros brillants, avec bélière formée d'un brillant.

15 — BAGUE enrichie d'un très beau BRILLANT ROSE.

16 — BAGUE enrichie d'un très beau BRILLANT BLEUTÉ.

17 — BAGUE marquise, ornée au centre d'un brillant violacé, entourée de petits brillants blancs.

18 — BAGUE, forme jonc, composée de 5 brillants.

19 — BAGUE rosace, gros brillant entouré de 8 brillants.

20 — COLLIER, modèle aiguillettes de pampilles et brillants.

21 — Deux BRACELETS formant tour de cou composé de 80 chatons en brillants.

PIERRES DE COULEUR

MAGNIFIQUE PARURE

EN ÉMERAUDES ET BRILLANTS

Composée de :

22 — Un COLLIER formé de 18 émeraudes, 72 brillants, et enrichi de sertissures en brillants.

23 — Un BRACELET formé de 8 émeraudes et de 40 brillants.

24 — Un BRACELET formé d'une grosse émeraude entourée de 14 brillants.

25 — Un BRACELET à corps souple, en or, entre-
coupé de chatons en brillants et enrichi au
centre d'une plaque formée d'une grosse émeraude entourée de brillants.

26 — Une paire de PENDANTS D'OREILLES
formés de boutons avec émeraude au centre,
entourée de brillants, entre-deux de gros brillants solitaires, ornements en brillants auxquels
sont suspendus quatre jolis brillants forme
briolette.

27 — Une paire de PENDANTS D'OREILLES dont
les boutons sont formés d'une émeraude entourée de brillants, entre-deux composés chacun
de 3 brillants et grosses émeraudes, forme
briolette avec calottes en roses.

28 — Une CROIX composée de 4 émeraudes entourées
de brillants et ralliées par un gros brillant,
enrichie de trois brillants forme briolettes. Avec
bélière composée de cinq brillants.

29 — Une PLAQUE composée d'une émeraude et
d'un double entourage en brillants.

3o — Paire de TRÈS BEAUX BOUTONS
D'OREILLES, composés de 2 GROS BRILLANTS
solitaires et de deux pendeloques RUBIS, entourés
de brillants.

BELLE PARURE

EN RUBIS ET BRILLANTS

Composée de :

31 — Une BROCHE PENDENTIF offrant au centre
un gros rubis entouré de BRILLANTS, le haut,
forme nœud pavé de brillants, est enrichi au
centre d'un rubis, chaînettes et pampilles en
brillants.

32 — Une paire de PENDANTS D'OREILLES
même modèle.

33 — Un CACHE-PEIGNE offrant 5 rubis sur un
pavage de brillants.

34 — Beau **PENDANT DE COU** orné d'un gros
SAPHIR avec double entourage en brillants et
d'une perle pendeloque avec calotte en roses.

TRÈS BELLE PARURE

EN OPALES ET BRILLANTS

Composée de :

35 — Un **BRACELET**, corps en or poli, enrichi de
12 brillants et d'une plaque ovale formée d'une
grande opale entourée de 14 brillants.

36. — Un grand **PENDANT DE COU** enrichi de
3 grandes opales entourées de 89 brillants.

37 — Une paire de **PENDANTS D'OREILLES** avec
pendeloque, formés chacun de 2 opales entourées de 33 brillants.

38 — Une BAGUE composée d'une opale entourée de brillants.

~~~~~~~~~~~~~~~~~~~~~~

39 — Belle AIGRETTE, dont le cartouche est formé d'une grosse opale entourée de brillants et les plumes toutes pavées de brillants, ornées de 4 brillants solitaires montés en pampilles.

40 — Très beau BRACELET, corps tout en BRILLANTS, avec applique, offrant au centre un très GROS ŒIL DE CHAT, monté à griffes, entouré d'un rang de petits brillants et d'un rang de gros brillants.

(Voir, page 14, l'Avis important relatif aux Ventes qui feront suite.)

~~~~~~~~~~~~~~~~~~~~~~

AVIS IMPORTANT

La Succession de M^mo Ve Marie BLANC comprend, outre
les JOYAUX décrits au présent Catalogue, un très grand nombre
d'autres TRÈS BEAUX BIJOUX, de MAGNIFIQUES DEN-
TELLES, de BEAUX OBJETS d'ART, de CURIOSITÉ et
d'AMEUBLEMENT, des TABLEAUX, etc., etc., qui feront
l'objet de nombreuses ventes.

La *Deuxième Vente,* comprendra de MAGNIFIQUES BIJOUX,
et aura lieu les 22, 23 et 24 décembre 1881.

La *Troisième,* composée également de TRÈS BEAUX BIJOUX,
aura lieu les 26, 27 et 28 janvier 1882.

La *Quatrième* comprendra la première partie de la collection
d'OBJETS D'ART et de CURIOSITÉ dépendant de cette suc-
session, et aura lieu les 1er, 2 et 3 février 1882.

La *Cinquième,* comprenant une collection de MAGNIFIQUES
DENTELLES, aura lieu les 9, 10 et 11 février 1882.

La *Sixième* sera composée de BEAUX BIJOUX, et aura lieu
les 16, 17 et 18 février 1882.

La *Septième*, composée également de BEAUX BIJOUX et de DIAMANTS et PIERRES *sur papier*, aura lieu les 23, 24 et 25 février 1882.

La *Huitième* comprendra la première partie de la collection d'OBJETS D'ART de la CHINE et du JAPON ; elle aura lieu les 1er, 2 et 3 mars 1882.

La *Neuvième*, composée de BEAUX BIJOUX, aura lieu les 6, 7 et 8 mars 1882.

D'autres Ventes suivront et seront indiquées ultérieurement.